黑暗中的小怪兽

〔以色列〕尤里·奥莱夫 著
〔墨西哥〕安德烈斯·马里奥·拉米雷斯 绘
林婧 译

人民文学出版社
PEOPLE'S LITERATURE PUBLISHING HOUSE

著作权合同登记号　图字 01-2023-4965

图书在版编目（C I P）数据

黑暗中的小怪兽 / (以) 尤里·奥莱夫著；
(墨西哥) 安德烈斯·马里奥·拉米雷斯绘；林婧译 . --
北京：人民文学出版社，2024
ISBN 978-7-02-018585-6

Ⅰ . ①黑… Ⅱ . ①尤… ②安… ③林… Ⅲ . ①童话－
以色列－现代 Ⅳ . ① I382.88

中国国家版本馆 CIP 数据核字 (2024) 第 066505 号

责任编辑　朱卫净　张晓清
装帧设计　李苗苗

出版发行　人民文学出版社
社　　址　北京市朝内大街 166 号
邮政编码　100705

印　　刷　杭州钱江彩色印务有限公司
经　　销　全国新华书店等

字　　数　31 千字
开　　本　889 毫米 ×1194 毫米　1/32
印　　张　3.25
版　　次　2024 年 5 月北京第 1 版
印　　次　2024 年 5 月第 1 次印刷

书　　号　978-7-02-018585-6
定　　价　35.00 元

目录

在它属于我之前

它住在黑暗里，在我的床底下。白天，它把自己变小，但到了晚上，妈妈一关上灯，它就膨胀起来。只有在黑暗中它才会变大。在我们成为朋友之前，我非常害怕它。甚至在妈妈来跟我道晚安并亲吻我之前、房间里还亮着灯的时候，我已经感到害怕了。我可不敢垂着两条腿坐在床上。刚洗完澡打着赤脚时尤其要小心。所以我会一大步跳上床，迅速用被子把自已盖起来。

其实我现在还是有点怕它，但已经不像以前那么怕了。每天晚上，它都会从它的盒子里出来，就算我把盒子关得严严实实的，用纸包起来，装进尼龙袋子里，再用绳子紧紧捆住。即便如此，它想出来的时候根本不需要人为它打开盒子。我估计它是从分子之间的空隙中出来的。爸爸给我解释过，每种物质都可以分解成粘在一起的小分子。一个又一个分子，只有借助显微镜才能看到它们。这

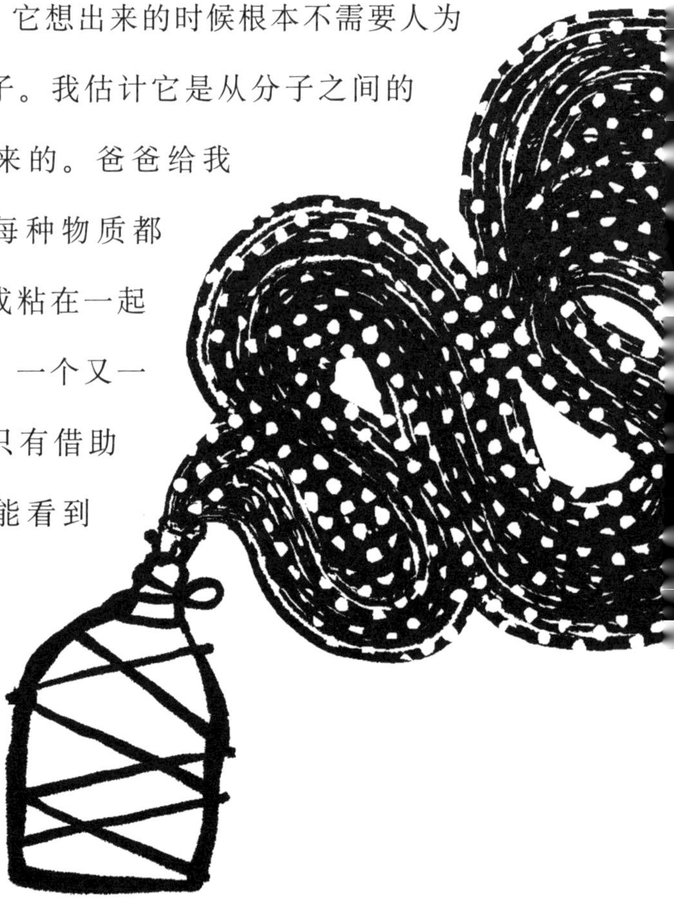

些微小的分子不像墙上的石头砌在一起，而像许多人，彼此站得很远，手却紧紧地牵在一起。这样，当黑暗小怪兽想穿过铁盒、纸张和尼龙袋子跑出来时，就可以从它们之间穿出来，它就是这么做的。可惜我做不到。如果我像它一样，就可以穿过墙壁或玻璃出去了。

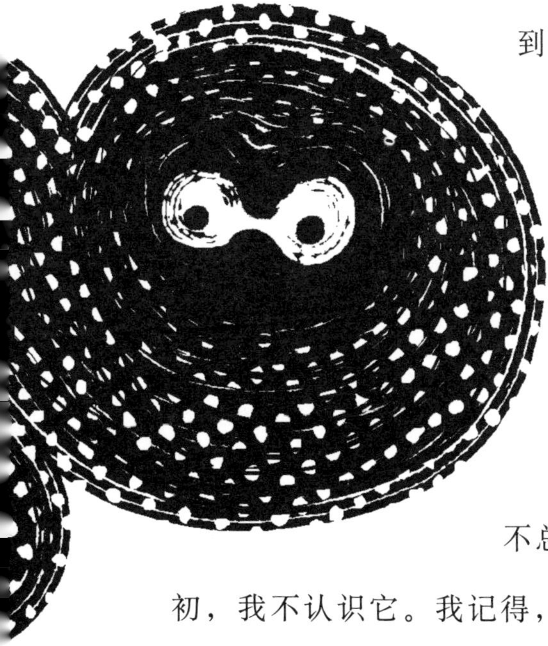

生活在我床底下的黑暗小怪兽并不是一直属于我的，它白天也不总是躲在盒子里。起初，我不认识它。我记得，妈妈会关灯，说晚安，亲亲我，然后出去。我会请她不要关门，因为即便我还能听到她和爸爸在厨房里说话的声音，小怪兽也会立即膨胀起来，从床底下出来，填满房间里所有的黑暗空间。只要我还能感觉到妈妈留在我脸颊上的吻，小怪兽就不敢出来，我有足够的时间好好掩护自己。爸爸教过我怎么做好掩护。他会把我的毯子叠三折，一折叠在我的脚边，身子两边各叠一折，就像一个麻袋。我只需要小心地钻进去，别弄乱它，并且在关灯后检查是否一切完好、床单和毯子之间有没有空隙，然后必须把自己下巴以下的地方紧紧盖住，只留脸在外面。脸它是不会碰的，它知道这点。

我尤其害怕晚上起床上厕所，也害怕做噩梦时要走出房间挪到爸爸妈妈的床上睡，因为只有在窗户里能看到晨光时，他们才允许我到他们的床上睡，在那之前不行。他们的床底下可没有怪兽，他们非常强大。我的怪兽会一直追到他们的卧室门口才停下来，但我跑得很快，从不回头。

从噩梦中醒来时，我会先诅咒它，然后才一跃而起跑出去，我会朝它喊：“光，光，光照在你身上！”

它一下子愣住时，我就窜出去。如果我刚把手或腿从毯子里伸出来，没有先向它施咒，它就会抓住我。现在它不会再抓我了，我们是朋友了。我给它做了一个盒子，白天它住在里面。一开始，在我们成为朋友之前，它是可以抓住我的。我躺在毯子下面，猜想关于它的事。我想象过它的名字，如果它有名字的话。我也想象它吃什么、喝什么，但也许它就是那种不吃不喝的生物。我想象关灯后，它待在黑暗中怎么才能不害怕。我还想象它是不是也做噩梦，因为我就老做噩梦。好吧，也不是老做，但有的时候，我晚上睡着了会突然看到各种可怕的事情，也会看到那只怪兽。在梦中是可以看到它的。它是黑色的，会膨胀，可以随心所欲地在任何地方长出手和脚。它有一双非常明亮的眼睛，它的眼睛不仅仅在梦中能看到，如果我趁其不备朝床底下不经意地偷瞄一眼，也许唯一能从它身上看到的就是那双眼睛了，但它会立即闭上眼并且嘲笑我。

今天它不再嘲笑我了，我们已是朋友，我给它吃东西，因为它在梦中告诉了我它吃什么。它吃得不多。每个星期五晚上，我都会给它带上一小块安息日面包、三小块糖屑和一小块随便什么吃的。

一天晚上，那是在我和这只小怪兽交朋友之前，我想着如果我去跟它说说话，它也许就不那么可怕了。我低声呼唤它："小怪兽，小怪兽！”

它没有回答，或许它不知道自己应该说话，毕竟，它举目无亲，既没有爸爸妈妈，也没有叔叔伯伯，更没有妹妹。别的小怪兽生活在其他小孩的床底下，也同它没有关系。这些是我们成为朋友后，它告诉我的。它给我讲了它自己的事，还有它和其他孩子房间里的黑暗小怪兽打交道的事。

我又呼唤它：“小怪兽，小怪兽！”

我的声音很低，这样爸爸妈妈就听不到了，但小怪兽一定听到了。只是它还不知道我可以给它做一个里面黑乎乎的盒子，这样它就可以整天安静地、舒服地坐在里面。

一开始，我试图用各种办法来引诱它回应我，但当时我还不知道它喜欢什么。过了很久，它都没有回应，只是在房间里膨胀了起来，填满了我的床底，也填满了放着我衣服的椅子底下所有黑暗的空间，并将它的腿和手伸进壁橱下的黑暗中，我向它念咒：“光，光，光照在你身上，你进不去！”

我试图在它从咒语中恢复过来之前迅速睡着。我闭上眼睛，脑子里出现一片光亮，做了很多亮堂堂的梦，好让它进不去。

我并没有灰心，在我们交上朋友的第一个星期，我每天晚上都呼唤它。那时我还不知道那是我们友谊开始的第一个星期，它那会儿总是沉默不言，但是现在我知道了。我交所有的朋友都是这样，就像和我的黑暗小怪兽一样。起初互相不认识，也不知道能有什么交情，后来，当你知道自己想和谁成为亲密伙伴时，就让他进来了。突然有一天你发现，他已经成了你最好的朋友，直到两人吵架。有时我和我的小怪兽也会吵架，但过一会儿我们又和好了。尤其是当它想用笑声来吓唬我时，我们会大吵一架。因为就算是用笑声，我也不喜欢它吓唬我。

它整个星期都没有回答我，然后我决定为它设计一个大计划。晚上，我拿起爸爸的手电筒，藏在枕头下。我假装自己非常害怕，好像一切如常。爸爸把毯子叠好，将我紧紧地裹起来。妈妈给了我一个吻，关上灯出去了。我没有叫小怪兽。我只是静静地躺着，让它在整个房间里膨胀。我没有诅咒它，也没有闭上眼睛快点睡着。直到它开始拉窗帘，我立刻拿出爸爸的手电筒照亮它。一切都是计划好的！手电筒的光打进它内部，就好像从里面打了一个洞，把它散射到四面八方。小可怜！如今我为它感到难过，因为我们已经是朋友了，但那会儿当我算计它时，并没有怜悯它。我任它躲在黑暗

二 如何驯服黑暗小怪兽

过了两天两夜，爸爸才想起来要给我买手电筒。第一天晚上，我在床底下向黑暗小怪兽念咒：“光，光，光照在你身上，你进不去！”

我闭上眼睛，很快就睡着了。它还不知道我们会成为朋友。早上醒来时，我发现一切都乱套了，所有的玩具和衣服都堆成一团。妈妈很生气，问我为

什么不在睡前整理房间。我不能告诉她有只小怪兽把我的房间弄得天翻地覆，它还拿我的铅笔在墙上画了画。

第二天晚上，我没有多想它，因为我们去了马戏团，那里有很多动物。我已经去过四次了。每次马戏团来到耶路撒冷，就停在我们社区旁边。只需要走去风车那儿，然后穿到主干道，就可以从那里看到大帐篷上方的灯光和旗帜，看到售票处附近熙熙攘攘的人群。我看到了帐篷是怎么搭建的，马戏团要去其他地方时，它又是如何被拆除的。我还看到了住在马戏团里的人，驯兽师、小丑、杂技演员和他们的孩子。他们住在带轮子的小型房车里，每辆小车里都有一间套房，里面甚至还有水龙头和燃气灶。

这次来了一个非常大的马戏团，有三头驯服的黑熊，两头驯服的白熊，三头大象，一大两小，也都被驯服了，有一群狗和一群驯服的黑猩猩。我差点忘记了，最重要的是还有五头驯服的狮子，它们大声咆哮着……我想，这样的咆哮声，即使是黑暗小怪兽听到了也会感到害怕的。

之后，我从爸爸那里拿到了手电筒，迫不及待地等着妈妈走出我的房间、关上灯。她刚一走，我就向黑暗小怪兽展示我的新手电筒，它还没在房间里膨胀起来，我就打开了开关，它于是变得苍白无力。那个时候，就是当它变得无力时，我想它也许真的可以像马戏团的动物一样被驯服。

我问过爸爸如何训练动物，他告诉我人们曾经用惩罚的方式驯兽。例如，把一头熊放在铁皮地板上，一边打鼓一边从底部加热地板，熊必须一直跳舞，否则它的脚掌会被烫伤。之后，不必加热地板，只需打鼓，熊一听到鼓声就害怕，就会立即跳舞。但是，爸爸说现在不再用加热地板的方式来教熊跳舞，不再用惩罚的方式驯兽，而是用奖励。你必须爱动物，当你爱它时，就用爱的话语对它说话，把它喜欢的东西给它。每次熊抬起腿就给它奖励。直到它意识到只要抬起脚，就会得到很多奖励。可惜熊听不懂我们的解释，要不然就可以告诉它："听着，熊，如果你跳舞，我们会给你奖品。"

我怎样才能用奖品驯服床底下的黑暗小怪兽呢？当我害怕它时，我怎么能爱它、对它深情地说话呢？无论如何，我决定不再用手电筒照它了，只是紧紧地握在手里以防万一，就像驯狮师一样，他手里拿着鞭子，在空中抽打，但打不到动物身上，他甚至还拿着枪。

我向小怪兽介绍自己，告诉它我叫什么名

字，在哪里上学。我告诉它爸爸的名字叫约瑟夫，但大家都叫他约西。我有时也叫他约西，有时叫他爸爸。我妈妈的名字叫达芙娜，这是一个非常美丽的名字。你可以叫她达芙娜，也可以叫她达芙妮。但是爸爸和我们的朋友们都叫她达芙娜。妈妈喜欢大家这样叫她。我也是，当我直呼她的名字时，我就叫她达芙娜。

有时我会想象妈妈当兵的那段时间是什么样的，爸爸妈妈结婚前的那段时间是什么样的，我会想象他们认识对方以前是什么样的。有时我很难相信，但在他们的大相册中可以清楚地看到独自一人的爸爸，在军队里的爸爸，在学校里的爸爸。爸爸和他当时的女朋友，不是我的妈妈，那是在他还没有遇到我妈妈之前。我也看见过妈妈还是个小女孩的样子，有一张在学校里的照片，她在一群三年级的小孩中间。

然后就是妈妈当兵的时候，她是一名女军官。那时妈妈是军队的中尉，爸爸是中士。如果他们一起在军队里，爸爸就得向妈妈敬礼，那会很有趣。

我对黑暗小怪兽说："小怪兽，你想象一下，他们有可能走在街上，打了个照面，甚至站在同一家商店旁边，或者妈妈有可能问爸爸'对不起，先生，现在几点了'。但尽管如此，他俩当时都不知道他们会是我的爸爸妈妈。"

我猜想小怪兽开始倾听了。我知道它听进去了，因为我不那么害怕了。我把脚从毯子里伸出来一会儿。我没有把脚落到地板上，只是伸出一点，然后什么也没发生。我没把脚搁在外面太长时间，因为如果它想的话，随时能抓住……

"小怪兽，小怪兽！"我对它说，"吼一声！"

它没有吼叫。也许幸好它没大吼，因为即使它小声嘶吼，我也会害怕。既然它没叫，不想吓唬我，那它应该已经变得有点温顺了。无论如何，我把手电筒握在手里，但没有打开。它没有移动窗帘，也没有在我床边的墙壁内发出可怕的声音。

第二天晚上，我继续给黑暗小怪兽讲故事，讲了很久，直到我睡着。睡着以后我做了一个噩梦，一个我经常做的梦，吓得我差点哭醒过来。我梦见一只蜜蜂站在我的枕头上要蜇我。但就在我开始哭泣，马上要醒来之前，黑暗小怪兽出现在我的梦中，赶跑了蜜蜂。它轻而易举地驱走了那只蜜蜂，只朝它呼了一口黑色的气，眨了眨那亮晶晶的眼睛，蜜蜂立刻悄无声息地飞走了。那只蜜蜂这一次甚至不敢在我面前扇动翅膀。

在梦中，我看到小怪兽像一团云朵一样，就像马戏团前门口卖的充气棉花糖，只不过棉花糖是粉红色的，而黑暗小怪兽是黑灰色的。可惜我做梦的时候睡着了。如果我没有睡着，我可以像诅咒黑暗小怪兽一样向蜜蜂念咒。但是晚上我睡着了，什么都做不了，只能看到自己在梦中的样子，看到我在那里做了什么、听到什么，还在那里说了什么。

到早上我醒来的时候，小怪兽已经缩得很小了。我在床底下找不到它，就去壁橱和抽屉下面的黑暗中搜索。麻烦的是，一旦打开抽屉去找，它就会缩小，因为黑暗跑出来了。于是我关上门，不让任何人听到，问它：“小怪兽，

小怪兽，你想和我一起去学校吗？”

它说是的。声音不大，也不是窃窃私语，但我能清楚地听到它在说什么，因为我集中注意力很仔细地听。我发现了一个小小的圆形胶卷盒，是空的。我打开所有的抽屉，这样小怪兽就没办法躲在里面了，只能进到房间里剩下的最后一片黑暗当中：壁橱的下面。我躺在橱柜旁，用尽全力把小盒子深深地放进去，然后向它念咒：“黑暗，黑暗，黑暗在你身上，快进来！”

我打开盒子一小会儿，立即关闭，我知道它在里面了。

我用黑纸包住那个盒子，全部塞进防雨塑

料袋里，用绳子紧紧绑住。我仍然不知道它可以在分子之间进出。我以为它会留在盒子里，直到我下次什么时候想打开，它才会出来。

在我们成为朋友的第一天，还有很多事情是我不知道的。例如，我会想，万一它没有空气可以呼吸了怎么办？但它在盒子里笑了，因为它自己就是空气。它笑的时候，你可以看到盒子有点摇晃，这样你就可以知道它是在笑。它一定在想，就算盒子是关上的，用袋子包住，用绳子绑住，到了晚上它还是可以在房间里膨胀起来，这让它笑得很开心。

小怪兽来帮助我

我带着装有黑暗小怪兽的小盒子去上学。在路上，我向它解释了很多东西。毕竟它是夜里的小怪兽，不知道白天的事。

我问妈妈，夜行的动物和鸟类在亮光下会不会缩小，她解释道，它们只是白天睡觉，晚上醒着，不会缩小。妈妈笑了，她不知道黑暗小怪兽的事。也许有一天，在很多很多年之后，我会告诉她这个秘密。现在我只是告诉她，她

解释："士兵福利委员会"售卖这些纸，收入用来为士兵买东西。士兵们需要很多东西，包括电视机和俱乐部的跳棋，而不仅仅是武器。

"小怪兽，小怪兽，"我问它，"你能赶走那个在梦中追逐我的人吗？"妈妈做不到，她真的试过了。她夜复一夜地坐在我的床边。

在路上，我给小怪兽讲了所有这些事情。它答应我，晚上可以到我的梦中赶走那个追赶我的人。它一过来，一膨胀开来，对方就会逃跑。就像它之前赶跑了蜜蜂一样。或许我再也不会梦到他，即使我们之间还没有达成和平。

我们来到我平时抄近路上学必经的那块田野，我事无巨细地向黑暗小怪兽介绍那里盛开的每一片花丛。每天早上都有一群乌鸦在那儿等着我，它们知道我会来，知道我会给它们一小块我的三明治。还有那个穿着红色长袍喂猫

的女人，总是在我经过时走出来。我一走到那所独栋的房子，那条黄狗就开始朝我狂吠。每次我走这条近道，我都会想今天它在不在那儿。就算我经过这个地方时那条狗不在，我也能闻到它的气味，因为我害怕它。总的来说，我害怕狗。我知道当它吠叫时该怎么办：不要逃跑，继续慢慢走，好像什么都没发生。不要看它，也不要挥手。但是恐惧当即在我的皮肤之下蔓延，走遍我的全身，无法被阻止。那条黄狗，它是一条坏狗。你可以从它的目光中看出来。我敢肯定，是它生吞了瑞秋花园里的那只母鸡和两只兔子。我还敢肯定，那个我在路上发现的破娃娃是被这条黄狗从隔壁街的一个院子里偷来的，被它用牙齿撕碎了，扔在这里。我把那个娃娃挂在了生锈的铁皮上。

我用小怪兽做了一个实验，我拿出盒子，

对它说："跳到那条狗身上，把它赶走！"

那是一个白天。虽然它因为阳光而缩小了，但是我想也许它可以聚集所有的力量，仍然获得成功。难以置信的一幕发生了，我的黑暗小怪兽一下子用尽全力跳了过去，黄狗吓坏了，开始号叫着逃跑，又继续从很远很远的地方对着我吠叫。一个男人从窗户里朝我喊道："你为什么要向我的狗扔石头？"

如果他仔细观察，就会发现那不是石头，而是我的小怪兽从盒子里跳了出来。那一刻，我知道我们会成为朋友，我和黑暗小怪兽。

从那天起，许多日子过去了，许多个月过去了，许多事情发生了变化。现在我的小怪兽知识水平更高了。例如，我带它去了动物园和自然历史博物馆，还有大博物馆，把它介绍给我所有的朋友，但是，当然，他们不知道在盒子里，在黑暗中，我有什么东西。我带它去了莫沙夫农庄，去了吉萨阿姨和梅纳赫姆叔叔那儿。在那里，我带它看鸡蛋是从哪里来的，牛奶是从哪里来的，因为我的小怪兽以为鸡蛋是在鸡蛋加工厂里生产的，牛奶是用水和白色粉末混合制成的。小时候，我也是这么想的。然后发生了一件奇怪的事情：我的小怪兽，它不怕黄狗，不怕动物园里的狮子，也不怕老虎，如果它愿意，甚至可以进去它们的笼子里，但它害怕奶牛。也许是因为牛长了角，也许是因为它们喘着粗气。我向它解释说，没有什么可害怕的，奶牛是好的，它们不踢人也不顶人，它们产牛奶。尽管如此，我们还是没有接近牛头。妈妈问我怕不怕牛，我承认怕，但其实只有小怪兽害怕，我不能告诉妈妈我小心翼翼只是因为

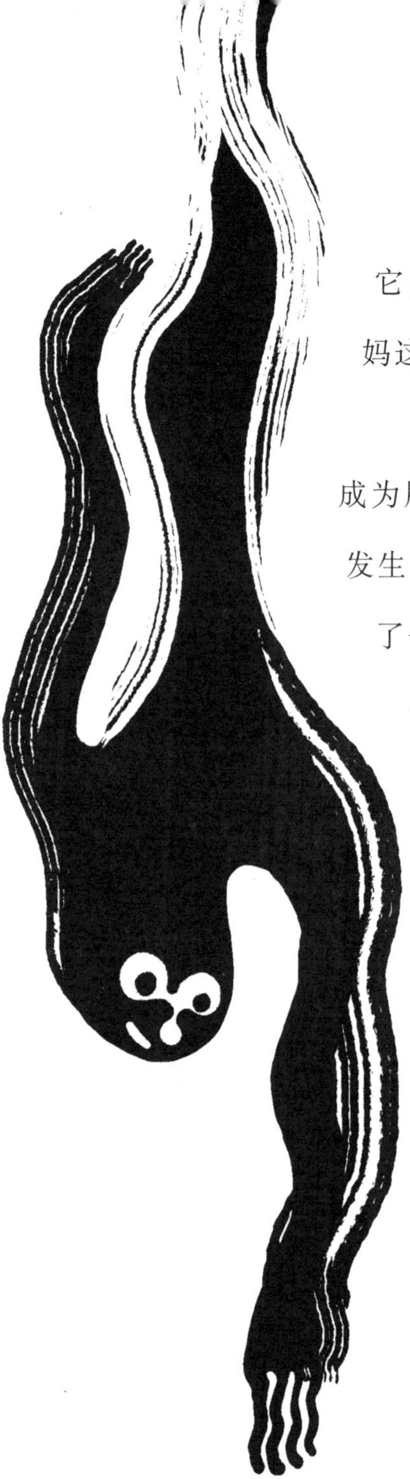

它。现在还不是告诉妈妈这个秘密的时候。

自从我和黑暗小怪兽成为朋友后，还有一件事发生了变化。那时，发生了一场战争，我的爸爸再也没有回来，他在战争中阵亡了。虽然我再也没机会跟爸爸讲小怪兽的事了，但小怪兽去向他介绍了自己。

我问它：“你能在晚上出去，走很远的路，到地下深处去吗？”

小怪兽说可以。

“你去找我爸爸，”我对它说，“告诉他我非常爱他，非常想他。”

小怪兽去了又回来，好像它刚走，马上又回来了，因为它是空气，它可以给自己的一条腿或一只手或脖子充气，然后从这里伸展到那里，在黑暗中伸得很远、很远。它告诉我，爸爸非常爱我，爱我妈妈和他们尚未出生的孩子。

爸爸阵亡后，还有很多事情我仍然不知道。例如，我会想：他在坟墓里是不是很冷，会不会很饿。但是小怪兽向我解释说，死去的人不像活着的人。虽然他们确实有这么一个住处——坟墓，但那不是他们真正的住处，那只是一个你可以寄托哀思的地方。

从那以后，每天晚上妈妈离开房间后，当

小怪兽停止膨胀，可以倾听我说话时，我就告诉它我正在做或正在想的一切事情，就连我在橡皮糖比赛中赢了还是输了都告诉它，它把所有事情都转述给爸爸，它说爸爸非常高兴我把它送到他身边。

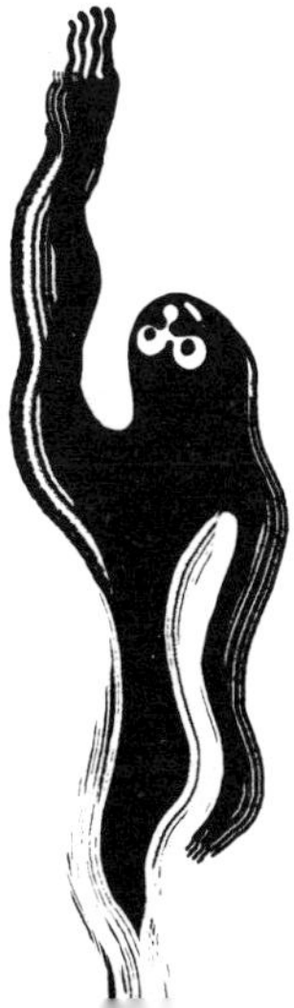

我告诉它爸爸的事

那天，我们在家里。突然，有人来了，把爸爸叫去军队。爸爸吻了妈妈，也吻了我。他让我们给他写信。他走后，警报声响起。每个人都下楼去防空洞避难，我的黑暗小怪兽害怕得瑟瑟发抖。它以为炸弹会落到我的盒子上。但我保护着它，安慰它。我告诉它，我们的庇护所很坚固，非常坚固，没有什么可害怕的。我爸爸很强壮，非常强壮。我轻声和它说话，这样就不会有人听到。它慢慢平静下来。但是妈妈一直很担心，我不能把小怪兽给她，帮助她平静下来，因为妈妈看不到它。

过了一个星期，有人来告诉我们，爸爸在战争的第二天阵亡了。从那以后，我的黑暗小怪兽更加关心我，在晚上，在梦中更加保护我。

妈妈告诉我，她还是个小女孩的时候也梦到过一个追她的人。她跟我说，爸爸曾经梦见过一个吉卜赛人。因为爸爸小的时候住在波兰的一个村庄里，吉卜赛人会乘马车去到那里。

自从爸爸阵亡后，我给黑暗小怪兽讲了很多关于他的故事。我告诉它，爸爸小时候，有一次他的狗走丢了，于是他去找那个总在镇上捕狗的丑陋男人。当他到达那个男人居住的街道时，他问一个人知不知道那个捕狗的丑陋男人住在哪里，结果碰巧问到的正是那个捕狗人。

床边，跟我聊天。有时我们会聊起爸爸。妈妈说，只要我们记得他、想到他、谈起他，他就和我们在一起。有时我们会聊即将出生的小宝宝。妈妈觉得是个男宝宝，其实我已经知道她肚子里是一个女宝宝，因为我的黑暗小怪兽告诉我了。我让小怪兽告诉宝宝关于我和爸爸妈妈的事。即使爸爸已经不在了，她也应该了解他，知道他的一切、他的样子、他怎么说话。我让小怪兽告诉宝宝，我已经长大了，很强壮了，而且有小怪兽在帮助我，我们会照顾好她。妈妈也很坚强、很伟大，但妈妈总归是一个女人。我的小怪兽既不是女人也不是男人，这有点奇怪，它也不是小男孩或者小女孩。

一天晚上，我的小怪兽从我妈妈的肚子里回来，告诉我小宝宝梦见她明天就要出生了。第二天早上，我立即告诉了妈妈。妈妈简直不敢相信，她笑了，她已经很久没笑过了。等我放学回到家，你们猜怎么着？只有外婆在家里，因为外公带着妈妈去医院了。

那天晚上，外婆哄我睡觉，给我讲故事。小怪兽坐在柜子下面听着。后来外婆出去了，关上了灯，小怪兽膨胀起来，我告诉它今天不要去找爸爸，我能自己想他。但妈妈一定需要帮助，需要有人站在她旁边鼓励她，给她足够的力量把小宝宝生出来，所以我让小怪兽去找妈妈，去医院。没错，那里很亮。但我告诉小怪兽要乔装打扮一下，就好像它之前把自己伪装成石头一样，早上再回来找我。

晚上我做了噩梦，哭醒了。外婆走过来，坐在我的床边。她脸色苍白、疲惫不堪，因为她已经很老了。

当我早上醒来时，黑暗小怪兽告诉我，宝

宝已经出生了。然后有人从医院打电话过来通知我们这件事。我的小怪兽从一个地方移动到另一个地方的速度比电话传声还要快。也许它甚至比空气更稀薄，比我最初想象的更透明。

黑暗小怪兽从何而来

妈妈回来了，将新生宝宝带回了家里。外公从我房间入口处的阁楼上拿出了婴儿床，妈妈把小宝宝放在床上，她还给我带了礼物，是一艘靠电池供电、可以在海上航行的大船。当我还是个小宝宝的时候，这张婴儿床是我睡的。

现在我的妈妈也是小宝宝的妈妈，而原本只属于我的房间也将是小宝宝的房间。妈妈说，一开始只有她和爸爸，家里只有他们俩。突然间我出生了，然后这个家就不仅是他们的，也是我的。我问妈妈，在我出生之前这个房间是做什么用的，她说爸爸在那里工作，所以那会儿屋子里装了柜子，有客人来了也会睡在那里。

大家都有过小的时候，所有人和所有动物都是，包括外公外婆。只有我的小怪兽从来没有小的时候，也没有刚出生的时候。它一直都是现在的样子，一只黑暗小怪兽。我问小怪兽关于它们黑暗怪兽的事情，它和我说了，它告诉我：黑暗怪兽来自星球之间的黑暗之处，那里的黑暗是黑暗之最，那里的光明也是最亮最强的光明。那些星球之中，不仅有黑暗怪兽，还有光明怪兽。光明怪兽是一些完全不同的怪兽，它们不像黑暗怪兽那样能被驯服，它们总是在迅速地飞行和移动，人们没法和它们说话。星球之间住着寂静国王和沉默王后。他们不说话、不吃饭、不呼吸，只是凝视着黑暗和光明。黑暗怪兽和光明怪兽都服从于他们。黑暗怪兽总是喜欢待在同一个地方，大多数情况下移动得很慢很慢，做任何事情都非常安静，它们不说话。当我的黑暗小怪兽要对我说些什么时，它并没有完全说出来，它只是在我的脑海中触发我说话的想法。与之相反，光明怪兽喜欢一直骑着光芒飞行，此外，它们还喜欢表演戏剧，只要黑暗怪兽用钦佩的眼神看着它们，它们就心满意足了。有时候，当寂静国王或沉默王后将他们的一只光明怪兽送去地球时，必须带上一只黑暗怪兽作为它的阴影，这就像下雨的时候出门得带一把雨伞。由于黑暗怪兽是星球之间唯一的阴影，所以光明怪兽去的时候就会带着黑暗怪兽。在光明怪兽完成它们在这里也就是在地球上的使命之后，它们会回到星球之间

的领域，但那时伴随它们的黑暗怪兽并不总是和它们一起回去。这就是发生在我的黑暗小怪兽身上的事情。简单来说，它喜欢待在我的房间里，待在床和壁橱下面。

黑暗小怪兽向我解释地球上有两种黑暗怪兽，本地的和像它一样远道而来的。本地的怪兽附身在物品上，它们没有思想，只能有样学样。比如，我举起手，我的影子也举起手。但从远方而来的黑暗怪兽，它们其实是由极其细微的思想组成的怪兽。

我睡着了，梦见了星球之间的王国。那里的黑暗真的比黑色更黑，就像妈妈的天鹅绒连衣裙一样。当光明怪兽穿过它时，在它们身后会留下薄雾拖尾，这些薄雾会慢慢散去。

那里的星星非常明亮，它们的光芒照到我的眼睛里，光明怪兽骑在光线上，排成一排，一只接一只地飞过去。与黑暗怪兽相比，它们就像圆球状固体，但肚子是透明的。它们真的表演了戏剧，只是并非所有光明怪兽都知道如何表演。有些飞过去只会做鬼脸或伸出舌头，但还有更多才华横溢的光明怪兽，它们会在光束之上跳舞，就像马戏团的杂技演员在奔腾的马匹上旋转一样。黑暗怪兽会为这些光明怪兽鼓掌。没有人听到掌声，因为统管那里的是寂静和沉默。

我梦见自己是王子，是寂静国王和沉默王后的儿子。那个国王有点像爸爸，王后很像妈妈。我是一只光明怪兽，但我没有骑在某一缕光芒之上，而是坐在国王和王后的宝座上，他们没有嘴巴，没有耳朵，因为他们不说话、不吃东西、不呼吸，也不倾听，但是他们的眼睛非常大，几乎占了整张脸。国王头上的王冠全是黄金打造的，镶有钻石，王后头上的王冠则镶嵌着红宝石，而我头上戴的是自己的帽子，上面甚至还留着一些泥土，因为昨天乔纳森在学校踩到了它。

国王举起手，所有的光芒都停住了，我可以清楚地看到光明怪兽，看到它们的眼睛和那些在它们周围蔓延的闪光波浪。它们骑着的光束一直不断地流动，即使它们静止不动。王后吻了我，我从一群黑暗怪兽当中选择了我的黑暗小怪兽，并骑上了一束光。起初小怪兽不想来，但我用尽全力抓住它。国王放下胳膊，所有的东西又像之前一样移动和飞行。当我在床上醒来时，我用尽全力抱着枕头，我的黑暗小怪兽坐在边上笑着。

自始至终，小宝宝都睡在婴儿床里，什么感觉也没有。等她长大了，我会告诉她我的秘密吗？她将一直住在我的房间里，玩我的玩具，就连夜晚的黑暗都不仅是我的，也会是她的。也许有一天，她自己就能感觉到我的黑暗小怪兽在房间里膨胀。我们俩能共同拥有一只黑暗小怪兽吗？它会更保护谁？它什么时候会来到我的梦里？它什么时候又会去到小宝宝的梦里？也许它可以同时出现在我们俩的梦中？小宝宝已经会做梦了吗？妈妈说她做梦想的都是吃饱睡暖。她不会梦见我吗？妈妈不知道该

怎么回答。或许会梦见，因为她每天都能看到我。她一定会梦到妈妈，梦到她的脸。她也肯定会梦见黑暗和光明，因为她会看到开灯、关灯。也许她已经开始害怕了，因为在黑暗中她什么也看不见。小宝宝不知道如何讲述他们做的梦，真是太可惜了。到后来，当他们知道如何说话时，已经不记得当初拥有过的东西了。例如，我不记得我有过一个保姆，妈妈有时会给我看照片，里面有一个婴儿躺在一个女人的怀里，那个婴儿就是我。每次妈妈都惊讶地说："你真不记得了吗？"我闭上眼睛，努力回忆，我真的不记得了。我只能回忆起相册中的一张照片。妈妈说："你当时那么爱她。"但是当妈妈给小宝宝一只柔软的小泰迪熊，问我还记不记得时，我立刻就想起了。那是我的泰迪熊，我小时候总是抱着它一起睡觉。妈妈说："你

出生的第一天，外婆就送了你这只泰迪熊。”

妈妈晚上也会给宝宝喂奶，我如果正好醒来就会起床去看。我坐着看，把我的黑暗小怪兽放在盒子里，它也能看到妈妈在做什么。无论如何，小宝宝不是在吃妈妈，跟黑暗小怪兽刚开始以为的完全不是一回事。

六

我迷路了

暑假期间，妈妈在海边租了一间小别墅，我们一起去度假十天。妈妈、我和我的黑暗小怪兽，还有小宝宝。只有妈妈会游泳，我的小怪兽也会，但小怪兽只在晚上游泳，还得是没有月光的夜晚，有星光没事。爸爸曾经告诉过我，非常小的婴儿，也许和我们家的小宝宝一样大的婴儿，天生就知道如何游泳，把他们放进水里，是不会被淹死的。我让妈妈试一试，但妈妈拒绝了。

去年夏天，爸爸尝试教我游泳，我没学会。也许是因为有条小鱼每次都在我小腿的伤口上咬一口，我只能穿着救生衣游泳。妈妈答应我，她会教我如何在没有救生衣的情况下游泳。爸爸八岁的时候，每逢夏天，在湖边的时候，他会举起双臂将头夹住、四肢笔直地跳入水中，这样他就能借助跳跃的力量游泳，这得在一个水不怎么深的地方。这种游泳姿势叫作“箭跳”，我也尝试过，实际上也真的成功了。但只要我把头伸出水面换气，我的腿马上就沉了下去。

我让妈妈把我的旧泳衣带到海滩上，妈妈问我为什么不想要新的泳衣，我没办法向她解释，因为旧泳衣有一个小口袋，我可以把我的黑暗小怪兽放在那个口袋里，用塑料袋绑住装它的盒子，它可以保护我免受小鱼的伤害，然后也许我就可以学会游泳了。第一天，妈妈和我一起下水，她指导我，教我怎么用手划水、怎么蹬腿，就像青蛙一样游泳，但没有救生衣我还是游不了。显然，青蛙更有才华。我去捡贝壳，发现海边有很多贝壳，还有海胆的小盔甲和空的螃蟹钳子，而且这些钳子仍然可以捏得动。如果小宝宝大一点，我可能会用螃蟹钳子吓唬她，但现在当我在她面前打开、关闭蟹钳时，她只是笑，并不害怕。妈妈把贝壳穿上孔串在绳子上，给大家做项链，但我拒绝戴，我又不是女孩子。为了让我的小怪兽感受一下什么是大海，我把一个漂亮的小贝壳放进它的盒子里。

然后我迷路了，那是我们在那里的第二天，是一个星期六。海滩上有很多人，很多小孩和他们的爸爸妈妈。我敢肯定，没有哪个孩子像我这样拥有一只黑暗小怪兽。我沿着海滩散步，收集贝壳，只捡那些最美丽的贝壳，突然间我看不到妈妈了。我到处寻找都找不到。我开始奔跑，虽然已经在远处看到她了，但当我走近时，发现那是另一个带着婴儿的女人。我不是小婴儿了，妈妈丢了用不着哭。我的意思是，我走丢了。我知道必须找到警察，告诉他我的名字和地址，他会立即带我回家。但是海滩上没有警察，也许有，但不可能认出他们来，因为他们都穿着泳衣。

“小怪兽，小怪兽！”我一直呼唤我的小怪兽。

有一个男人站在那里看着我。黑暗小怪兽告诉我：“就是这个人。”我以为它的意思是这个男人是一名穿着泳衣的警察。我走到他身边，开始大声地哭泣。那个男人真的走过来问我为什么哭，我告诉他我迷路了。他和我一起去了救生员的小屋，救生员问了我的姓名，用扩音器呼叫妈妈来小屋。我们坐在沙滩上等她。他叫什洛莫，救生员再次呼叫我妈妈时，什洛莫问我爸爸是做什么的。我告诉他，爸爸是盖房子的。什洛莫说："哦，我知道了，我们是战友。"

然后我才恍然大悟，当黑暗小怪兽说"就是那个男人"时，它指的是什么。爸爸在军队里、在办公室里、在大楼里认识很多人。有时我会认识他们中的某一个，但大多数人我通常都不认识。同样，我爸爸也不认识我在学校的朋友，不认识他们的父母，除了乔纳森的父母。妈妈也有很多我以前从未见过的朋友，比如爸爸阵亡后来找我们的那个高个子女人，她拥抱并亲吻了妈妈。她甚至一次都没来过我们家，但她是妈妈曾经的同学，她们同桌很多年。去年我和朋友乔纳森坐在一起，成了同桌，也许明年我还和他坐在一起，也许后年还是这样，有一天，当我们长大后，我们会像妈妈和她的朋友一样拥抱。

妈妈来到救生员的小屋，她已经哭起来了。我没有哭，我不会哭得那么快，可是妈妈一看见我，我就立刻哭得泪流满面。那个叫什洛莫的男人看着妈妈和我们的小宝宝。起初他什么也没说，妈妈谢过他，要带我走，正要走的时候，那个叫什洛莫的男人问妈妈是不是不记得他了。

"我们什么时候认识的？"

他说："在追悼会上。"

然后我的小怪兽大声说："他和我爸爸坐过同一辆坦克。"

妈妈瞥了我一眼，然后又看了看什洛莫。

妈妈以为是我在说话，因为小怪兽是用我的声音说的。然后他自我介绍，说他叫什洛莫。妈妈皱着眉头，在努力回想或试图记住什么时，她就会皱眉头。她想起来他们真的认识，便停下了。

什洛莫陪着我们，在旁边坐了下来。他和妈妈说话，又和小宝宝玩了一会儿。突然，他看到了我的救生衣，问我："你会游泳吗？"

我耸了耸肩，很羞愧。

"来，"他说，"我教你。"

我们在海滩上又住了八天，什洛莫每天都来和我们共度一段时光，都来教我游泳，到第八天，我已经可以不用穿救生衣游泳了，他只需要在我旁边游，护着我。我不让黑暗小怪兽告诉爸爸关于什洛莫的事。什洛莫不像爸爸，他与爸爸只有两点相似：他像爸爸一样什么东西都会修理；他们都很会玩。他在海滩上和我一起踢足球，和我一起玩沙滩板球。晚上，我们仨，他、妈妈和我，一起玩大富翁。尽管他们都很想赢，但总是我赢，因为我的黑暗小怪兽会帮我掷骰子。最后他们俩都惊呆了，什洛莫问我会不会碰巧是个什么魔术师，我大笑起来。他问的时候并没当真，但如果我告诉他们我有一只黑暗小怪兽，他们是不会相信的，他们会认为这是我在晚上给自己编的一个故事。小怪兽吓唬不了他们，因为他们不怕黑。妈妈从来没有注意到小怪兽双脚悬挂或站立在我床底下的黑暗当中。什洛莫当然也不会注意到，尽管他是上过战场的士兵。当小宝宝晚上哭闹把我吵醒时，我就叫小怪兽去哄她睡觉。小宝宝经常哭，有时她饿了，有时无缘无故哭。那时我就会请求小怪兽，跟它说：“你让她睡觉，

你让她睡觉，你让她睡觉，你让她睡觉……”然后我不断重复着低声呢喃，直到小怪兽让小宝宝重新入睡。所以，如果想要向妈妈和什洛莫证明我真的有一只黑暗小怪兽，证明它可以听到我的声音，我可以向他们展示我的小怪兽是如何安抚小宝宝并哄她睡觉的。

七

我们如何抓住强盗

我问黑暗小怪兽能不能和我一起去一些地方探险，因为我们周围有很多可怕的地方，例如，墓园附近那个全是灰烬的洞穴，还有另一个洞穴，在社区的尽头，那里有人挖了一扇窗户，还用栏杆围住，住在那里。但自从里面发现了一块头骨后，就没有孩子再去过，虽然可以小心地穿过挡住入口的铁丝网爬进去。附近还有另一个可怕的地方，就是空地上的旧防空洞，它已经关闭了，但只是看起来关闭了而已，将铁栓和锁头一起移动可以把门打开，不是大门，而是从路上看不到的后门。除了我和乔纳森，没有人知道这件事。我们有时白天会进去，把做独轮车用的木板藏在防空洞里，然后把推车停到赫佐特·哈约策[①]工艺小巷旁边的斜坡上，就像贝特·坦诺斯街区的孩子们一样。但是到了晚上，四周漆黑一片，我们连进入那个防空洞的勇气都没有，即使有手电筒。

我和小怪兽还是去了那个防空洞，真是太可怕了。通过铁丝网屏障后，我小心翼翼地钻了进去，带着手电筒，小怪兽在盒子里。我打开手电筒，但什么也看不见，袖珍手电筒的光

---

① 赫佐特·哈约策（Hutzot Hayotzer）是以色列耶路撒冷的一条艺术和工艺小巷，位于老城以西。

线太暗了，只能照亮一块小小的地方，然后周围的黑暗就变得更加黑。角落里有一堆旧书，我的小怪兽告诉我，到了晚上，生活在欣嫩山谷[①]的“生物”会来这里看书。什么“生物”？它笑了，只是伸了个懒腰。也许真的有“生物”住在那个社区附近的空房子里？那里曾经有一个长满葡萄藤蔓和无花果树的果园，我在那里放生了自己在独立公园发现的乌龟，因为我觉得它在那里会比在人群中更安全，我不想把它留在家里，它总是不停地挠箱子，想要出去。后来，有人用推土机推平了那个果园。

起初，当我害怕黑暗小怪兽时，我觉得自己其实不是真的害怕，或者说没有那么怕，只是有一点点怕，就好像读那种不怎么吓人的书

① 欣嫩山谷又称欣嫩子谷，是耶路撒冷的一处谷地，常被作为“炼狱”的代名词。

一样，有点无聊。爸爸在我小的时候经常吓唬我，我会央求他吓唬我，每当妈妈在忙着或去参加家长会时，都是爸爸来哄我睡觉，然后我会让他给我讲他能想到的最可怕的故事。他绞尽脑汁地想，关上灯，小声地讲。当我真的感到害怕了，在毯子下瑟瑟发抖时，他会突然笑着拥抱我，我就一点都不怕了，然后他也会给故事设一个幸福的结局，在他所有的恐怖故事里，结局总是美好的。所有可怕的怪兽都会从地球上消失，或者会有善良的怪兽打败它们。他所有的故事中都有坏的怪兽和好的怪兽，而我的黑暗小怪兽既不是坏的怪兽，也不是好的怪兽，它又好又坏。当它和我吵架或者笑着吓唬我时，它一定是坏的。但当它同意跟我一起去可怕的洞穴保护我，或者在我梦到盗贼时守卫我时，它就是一只好的黑暗小怪兽。

这是我做的一种新的梦：有小偷，我害怕他们，我能认出他们是小偷，因为他们长着特别长的耳朵。

一天晚上，我带着小怪兽去了旧防空洞。我告诉妈妈，我要去找乔纳森玩一会儿。刚到田野那里，我已经开始害怕得发抖。即便有黑暗小怪兽守护着我，我也无法平静下来。我慢慢地走近，好像听到了什么动静。我心里想，不会是听错了吧。不管怎样，我小心翼翼地抬起带锁的铁栓，悄悄地走了进去。我一只手紧紧地握着手电筒，另一只手拿着装有黑暗小怪兽的盒子。到了这里，它可以从盒子里出来并且膨胀变大。然后我看到防空洞里面有火光，就像蜡烛的火焰，我想逃跑，但外面响起一阵脚步声，有人用锁头移动铁栓走了进来，黑暗小怪兽叫我钻进角落的水桶里，里面的水早已经干涸了。一个男人走了进来，关上了身后的铁门。他与我擦身而过，幸好没有听到我的呼吸声，我屏住了一小会儿，但我不能一直屏住呼吸，因为停止呼吸就会窒息。多亏黑暗小怪兽刚刚用黑暗覆盖了我，因此他没有看到我。

他下楼后，我想立即逃跑，但我的小怪兽说要跟着他，仔细看看他在做什么。它告诉我，我可以透过通风口看到里面发生了什么。然后我发现那

些人是银行抢劫犯，起初我不知道他们是银行抢劫犯，有三个男人坐在那里，那个进来的人和另外两个，他们坐在一堆钞票前，借着煤油灯的光数钱，身边有一个大手提箱和一个麻袋。他们用纸箱盖住了煤油灯，为了让光线只照在他们数的钱堆上。我蹑手蹑脚地走到外面，小心翼翼地离开防空洞，然后全

速跑回家。我把事情的经过告诉了妈妈，没有提起小怪兽，只是告诉她我给自己做了一个勇气大考验。妈妈立即报了警，巡警队来了，我把他们带到了防空洞。我仍然不知道自己发现的是强盗。当我在报纸上读到整个故事、看到我的照片时，才明白发生了什么。事实上，他们应该在那篇报纸文章里写一写黑暗小怪兽的，没有它，我永远不会去那里，我也不会看到强盗在里面数钱。但是他们要怎么给小怪兽拍照呢？

我们被传唤到警察局，获得了很多奖赏，有蛋糕、杏仁、葡萄干和巧克力。什洛莫和我们一起去的。我收到了《金银岛》这本书作为礼物，它讲述了一个比我大的孩子的故事，那孩子身边没有黑暗小怪兽。如果有的话，肯定会省去他很多麻烦。

在防空洞、在别的洞穴或者其他任何地方，最让我害怕的就是寂静，而这正是黑暗小怪兽最喜欢的。寂静会让它想起星球之间那片黑暗当中的国王和王后，让它感到舒服。它甚至特别喜欢那样的地方，就像它喜欢黎明前的黑夜一样，因为那个时候夜班汽车几乎都停运了，而早班的汽车还没有上路。当我起床打开电唱机放唱片时，它就立即跑出房间。

有很多次，我试图从小怪兽那儿打听出它在地球上待了多久，可它不知道该怎么回答，它无法告诉我自己是什么时候被带过来的，因为它还没有来得及搞明白什么是时间，时间是如何流逝的，什么是小时、天、年。我明白什么是时间，也知道时钟上只标记了十二个钟点，所有其他数字都只是小圆点。但是我的小怪兽不喜欢滴答作响的时钟，除了妈妈卧室里的那个时钟，它是插电的，没有噪声。它喜欢去那里，盯着那根红色的指针，看它如何周而复始地转动而不发出声音。

八

什洛莫，我爸爸的朋友

什洛莫邀请我们到他的公寓去，我把小怪兽带去了。幸好我带上了它，它喜欢各种动物——除了奶牛。什洛莫有一只会说话的鹦鹉，真不可思议！这是一只很棒的鹦鹉，它相当大，颜色是灰色的。我不知道它是雄鸟还是雌鸟，也不知道它多大了，就像我的小怪兽一样。

我们走进去后，它就为我们开始了一场表

演。它发出了电话铃的声音，跟真实的电话铃声完全一样，紧接着它说："你好！你好！"用的是什洛莫的声音。它还知道如何像狗一样吠叫，像猫一样喵喵叫，像周围的各种鸟类一样吹口哨。什洛莫说，鹦鹉不喜欢狗和猫。然后什洛莫给了它一只鸡腿，鹦鹉用一条腿站着，另一条腿像手一样拿着鸡腿吃，就像我吃东西一样。我们几乎笑得满地打滚。我就想要一只这样的鹦鹉。黑暗小怪兽一看到它就神魂颠倒，它一直要我把它拉进鹦鹉的笼子里，要看看鹦鹉在做什么。突然，有人在窗户外面小声地叫什洛莫的名字，什洛莫打开窗户，外面空无一人。那是鹦鹉在捉弄他，什洛莫朝它摇了摇食指笑了，然后鹦鹉也跟着什洛莫笑。

什洛莫家里收藏了一系列老式兵器，带有

雕刻铜柄的手枪、刀剑，还有旧式步枪。除此之外，什洛莫还收集了很多邮票。爸爸收集的不是邮票，而是硬币，现在它们是我的了。

我们回来时，外公外婆在家里等着我们。自从爸爸阵亡后，他们经常来看我们，外公会修理家中坏了的东西。这次外公想修修气门关不上的煤气灶，却忽然看到那个气门已经修好了。他问妈妈是谁修好的，妈妈说是什洛莫来家里修好的。什洛莫最近经常来看我们，他教我骑自行车，和我一起玩爸爸十几岁时玩过的电动火车。我们周六和他一起旅行。他有时星期五和我们一起吃饭，当他来吃饭时，我尽量不让他坐在爸爸的位置上，我想办法让妈妈坐在那里，或者让他自己拿椅子。

今晚我没能成功，什洛莫坐在了爸爸的椅子上，我突然就哭了，其实我不想哭的。妈妈不知道发生了什么事，什洛莫也不知道。但我的小怪兽知道，什洛莫是无辜的。他当然不知道自己不能坐在那里。他离开后，我告诉妈妈：我不想让什洛莫坐在那把椅子上，我不允许！

妈妈来到我的床边坐下，和我谈论什洛莫的事。她说爸爸永远是我的爸爸，这是毋庸置疑的，但如果爸爸知道他的战友什洛莫来和我一起玩，教我骑自行车，他可能会很高兴。如果我不想让什洛莫坐在爸爸以前坐的地方，她会告诉他，他就不会再坐在那里了。

“你不喜欢什洛莫吗？”妈妈问。

我想，喜欢他是另一回事。她亲了亲我，又拥抱了我一下，然后离开了，我请她关上门。当我独自一人时，黑暗小怪兽立即在整个房间里膨胀。于是，我哭着对黑暗小怪兽说：“都是因为你，是你在海边让我遇到什洛莫的。

你故意安排我走错路。”

它什么也没说。我已经很久没有把它送到爸爸那里了，因为我不想让它告诉爸爸关于什洛莫的事情。偏偏小怪兽很想去那边告诉我爸爸：什洛莫教了我怎么骑自行车，他和我一起玩爸爸的电动火车，还教会我不穿救生衣游泳。我不让它去找爸爸，不让它告诉爸爸这些事，但它坚持要去那边。它说它比我更清楚应该怎么做。最近几乎每个晚上我们都在吵架，我用手电筒照它，是爸爸给我买的那个手电筒，什洛莫刚刚更换了电池。而它则试图用噪声和在房间里移动黑影来吓唬我。有一次我跳下床打开了大灯，尽管我害怕它会抓住我的腿，它一下子缩得小小的，可怜的小东西，它的肚子一定很疼。有一次我把它和装它的小盒子一起放在烤箱里，妈妈正要烤蛋糕，

我想让小怪兽也被烤一烤。可是这并没有伤害到它，因为它毕竟只不过是空气……

我没有再带它去学校，也许就是由于这个原因，我在橡皮糖比赛里一直输，朋友们都不让我打前锋了，每次都让我防守。事实上，乔纳森也应该为此负责，有时候他把我当作最好的朋友，有时候又压根不理我。幸好我没有告诉他黑暗小怪兽的事。有一次，当时我们是非常亲密的朋友，我差点告诉他，话到嘴边了还是没有说出来。

什洛莫来了，我没有和他玩任何东西。妈妈以为我生病了，但我没有发烧。我决定听听小怪兽的意见，让它去找爸爸，告诉爸爸一切，包括火车和自行车，问爸爸是否同意我和什洛莫一起做所有这些事情。如果他不同意，我就离家出走。我会带着黑暗小怪兽和那本《金银岛》，拿上玩具收银机和新外套，还有我过生日时妈妈给我买的小刀，然后逃跑。即使他们和警察一起搜查，也找不到我，因为黑暗小怪兽会帮助我逃脱和躲藏。

“小怪兽，小怪兽……”我喊了它几声，它已经知道自己必须做什么，因为它一直在聆听我脑子里的想法。

它回来告诉我，爸爸很喜欢什洛莫，他们是好朋友，他很高兴什洛莫能教我骑自行车。爸爸也想过教我骑自行车，要是没有其他人能代替他教我骑车，他会非常难过。爸爸说他很高兴有这样一个人喜欢我、妈妈和小宝宝，和我们一起去旅行，他同意我和什洛莫玩他的小火车。听到这些我才睡着。

睡着时，我梦见爸爸坐在我旁边，从头开始给我讲述关于黑暗小怪兽的故事。当它潜伏在我的床底下时，我是多么害怕它，它会在整个房间里膨胀，用窗帘和墙壁内的噪声吓唬我。然后讲到手电筒的事，我慢慢地驯服了它，我们终于成了朋友。我梦见爸爸告诉我，这只小怪兽如何伪装成石头，用尽全力跳到黄狗身上，然后在妈妈住院时站在她旁边，把小宝宝带回来。后来我梦见爸爸告诉我，是光明怪兽把黑暗怪兽强行带来的，这样它们来到地球时就可以拥有影子，然后黑暗怪兽留在了我们身边。有时候我真的很害怕有一天光明怪兽会回来抢我的黑暗小怪兽。我无论如何都不愿意放它走，即使它特别思念那两位有着大眼睛的国王和王后。我不会养一条狗来代替它，也不会用它换会说话的鹦鹉。尽管下定这样的决心对我来说很困难，就算鹦鹉知道如何模仿各种声音、学人说话，

还是远远比不上黑暗小怪兽。比方说，我不需要给小怪兽喂食，基本不需要喂食，它白天不占用空间，只有到晚上才会膨胀，但变大后它也不会打扰任何人，因为它只在空闲的地方、空中、物品的中间或下方或后方膨胀。我能派一只鹦鹉或一条狗去告诉去世的爸爸所有那些我想讲给他听的事情吗？当然不能。我可以请一只鹦鹉或一条狗在梦里保

护我吗？狗可以和我一起去山洞，但如果它遇到了银行抢劫犯，会立即狂吠，他们就会抓住我或者逃之夭夭，我的照片就上不了报纸了。

我想我的小怪兽会一直和我在一起，即使我已经成年了，除非我有一个像我一样也害怕黑暗的孩子，那么也许我会把小怪兽借给他一段时间。